LE
SIÈGE DE CHARTRES

PAR

LES NORMANDS

(911)

PAR

JULES LAIR

MEMBRE DE L'ACADÉMIE DES INSCRIPTIONS ET BELLES-LETTRES

———— ✦ ————

CAEN

IMPRIMERIE HENRI DELESQUES

RUE FROIDE, 2 ET 4

—

1902

LE

SIÈGE DE CHARTRES

PAR

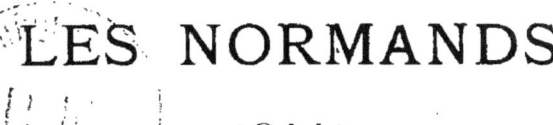

LES NORMANDS

(911)

PAR

JULES LAIR

MEMBRE DE L'ACADÉMIE DES INSCRIPTIONS ET BELLES-LETTRES

CAEN

IMPRIMERIE HENRI DELESQUES

RUE FROIDE, 2 ET 4

—

1902

Extrait du Compte-rendu du LXVIIᵉ Congrès archéologique de France

Tenu en 1900, à Chartres.

LE SIÈGE DE CHARTRES

PAR

LES NORMANDS

(911)

Le siège de Chartres par les Normands, en 911, est un des faits les plus considérables de l'histoire du Xe siècle. C'est sous les remparts de cette ville qu'expira le dernier flot des invasions scandinaves, commencées depuis bientôt un siècle. C'est au retour de cette campagne que Rollon, jusqu'alors chef de bandes, se transformant en chef d'État, résolut de traiter avec Charles le Simple, et se fit à la fois chrétien et duc de Normandie.

Je n'apporterai pas sur cet événement de documents nouveaux ; mais j'espère tirer de l'étude des documents connus et des recherches des savants Chartrains une somme de déductions nouvelles. Je me propose surtout de montrer le parti que l'on peut tirer des recherches historiques proprement dites, combinées avec les études archéologiques locales.

I.

On possède sur le siège de Chartres des documents d'origine française et d'origine normande.

Le premier groupe est formé par :

L'*Historia Ecclesiæ Remensis*, de Frodoard (Xe siècle) ;

Les *Gesta Episcoporum Autissiodorensium* (Xe siècle) ;

La Chronique de Clarius de Sens (XIe siècle) ;

La Chronique de Hugues de Sainte-Marie (XIIe siècle) ;

Les Chroniques des églises d'Anjou, dites de Renaud, de l'Évière, de Saint-Maixent (XIIe siècle) ;

On y placera surtout la partie du Cartulaire de Saint-Père de Chartres, rédigée vers 1030-1050 par le moine Paul.

Les sources normandes sont :

L'*Historia Normanniæ ducum*, de Dudon de Saint-Quentin, qui, lui-même, on ne saurait trop le redire, utilisait les récits traditionnels conservés par Raoul d'Ivri, frère naturel de Richard Ier (Xe siècle) ;

Le *Roman de Rou*, de Wace, qui reproduit le récit de Dudon, mais non sans le compléter et l'éclaircir (XIIe siècle) ;

La *Chronique* de Benoît de Saint-More, rhéteur, amplificateur, sans originalité, mais qui sert beaucoup comme moyen de contrôle (XIIe siècle).

On n'est pas toujours, à cette époque, si abondamment pourvu. De plus, nous allons trouver des traditions et des études archéologiques chartraines, très propres à éclaircir des textes trop souvent obscurs. C'est un plaisir, mais surtout un acte de justice, de mettre en tête de ces travaux celui de M. René Merlet, sur *Les Comtes de Chartres, de Châteaudun et de Blois au X⁰ et au XI⁰ siècle*. Notre confrère continue avec le plus légitime succès de brillantes traditions de famille.

II.

(858)

Avant d'être assiégée par Rollon, la ville de Chartres avait été déjà prise d'assaut par les Normands. A quelle époque et dans quelles conditions, c'est ce qu'il n'est pas inutile de rechercher.

La version la plus ample, sinon la plus admissible de ce premier siège, nous est donnée par le moine Paul, rédacteur d'une partie du Cartulaire de Saint-Père et qui écrivait, nous l'avons dit, vers 1030-1050.

Prenons d'abord le récit qu'il donne dans le préambule de son ouvrage:

« Les païens, survenant comme un flot et portés sur des navires à proue rostrale, dévastaient la Neustrie. Ils remontent la Seine à la rame, et enfin parviennent à cette ville de Chartres, voulant la détruire et dévastant tous ses environs » (1).

Ces menaces de siège durèrent pendant des années, « *per multa annorum curricula* ». Enfin, une nuit, par surprise, la ville est forcée, pillée et incendiée.

---

(1) *Cum rostratis navibus gens pagana ebulliens Neustriam devastabat..... Per Sequanam fluvium remigio..... ad urbem Carnotensem tandem perveniens, cupiebat evertere..... omnia in circuitu urbis vastando.* Cartul., I, 5.

Mais voici qu'au même moment, les Français, se réunissant de tous côtés, poursuivent les Normands qui, chargés de butin, regagnaient en hâte leurs navires ; ils les atteignent à leur station, les attaquent avec audace, les battent, les jettent dans la Dive, si bien qu'un très petit nombre des envahisseurs réussit à se réfugier sur la flotte. Leur chef s'appelait Hasting (1) et revenait de la fameuse expédition de Luna. Un peu plus loin, on dit seulement que Hasting avait abordé, à force de rames, au pays des Marmoricans, près du pont de la Dive, comptant se reposer en paix de ses longues fatigues. C'est alors que les Français l'ayant attaqué, passèrent sa troupe au fil de l'épée. La mer était rouge de sang (2).

(1) *Ex improviso quadam nocte (urbs) capitur, solotenus evertitur et igne concrematur. Franci, undique conglobati, (Normannos) ad stationem navium pervenire maturantes, revertentibus illis cum spoliis multis, ad rates occurunt illicoque audacter cum illis confligunt. Normanni, sese in flumine vocabulo Diva precipitare..... ad rates confugere ut vix pauci evasisse invenirentur. Dux eorum Astingus vocabatur.* Cart., *ib.*, p. 6.

(2) *(Hastingus), cum in finibus Marmoricanorum remigio pervenisset, apud pontem Divæ fluminis applicans, laxa corpora recreare a tanto labore sine ullo pavore cepit. Tunc a Francis inibi undique circundata (exercitus), et sicut supra diximus, ita gladiis depasta, ut ex tanta multitudine non legisse me memini quempiam evassise. Mare contiguum immundo cruore inficiunt.* Cart., I, 9. Aug. Le Prévost, dans les *Éclaircissements et corrections*, a cru devoir dire au sujet du mot *Marmoricanorum* : « *Armoricanorum*. L'embouchure de la Dive était, en effet, voisine des frontières des Bretons au IX° siècle, puisqu'ils s'étaient avancés au moins jusqu'à Bayeux depuis que Charles le Chauve leur avait cédé le Cotentin et l'Avranchin ». Et il cite à l'appui le récit de la translation de saint Regnobert. Nous admettons la correction, mais non

Voilà le premier récit assez incohérent du moine Paul, qui, au paragraphe 22 de son Cartulaire, nous en présente un second.

Après la mort de l'évêque Gislebert, les païens d'Outremer, revenant de Luna, ravagent les côtes d'Aquitaine et de Poitou, naviguent vers la Neustrie et abordent dans le port de Dives. Ils y laissent en sûreté leurs navires, leur butin, et se dirigent vers Chartres.

Ils cernent pendant la nuit la ville, dont les barbares avaient maintes fois ruiné les murailles, forcent les portes, envahissent la cathédrale, égorgent l'évêque Frotbold et tout le peuple qui s'y était réfugié avec lui (1). Le coup fait, ils repartent vers leurs navires ; mais les Français se réunissant, les attaquent, les tuent, laissant leurs cadavres aux oiseaux de proie et aux carnassiers.

Un manuscrit du Cartulaire, coté B, présente deux variantes intéressantes.

---

l'explication, qui est trop savante pour le moine Paul. L'auteur s'est d'ailleurs expliqué (p. 45) lorsqu'il donne pour équivalent à *Marmoricanorum terram* la paraphrase suivante : *Aquitanorum regionem atque Pictavorum juxta mare jacentem.*

(1) *Post exitum Gisleberti præsulis, pagani transmarini... in portum fluminis Divæ applicuerunt. Jamque securi, relictis ibi navibus et variis prædarum manubiis, ad hanc urbem pernici cursu pervenere.*

Noctu, circumdata urbe..... barbari, per mænia, ab hostibus persæpe diruta, ac per portas irruentes...... Intra matrem ecclesiam, non modicam plebem cum episcopo, nomine Frodboldo, qui ad eandem ecclesiam confugerant......

Urbe depopulata atque succensa, ad rates relictas.....

Franci, antequam ad rates suas potuissent pervenire, congressi cum eis, per campos cadavera eorum trucidata avibus et feris corrodenda reliquerunt. Cart., I, 48.

Au récit de la destruction de Chartres, il ajoute :
« Comme il paraît encore aujourd'hui, *sicut usque hodie apparet* ».

Puis, à celui du carnage que les Français ont fait des Normands, il ajoute ce passage : « Les habitants qui purent échapper au glaive des barbares, reviennent à la ville en cendres, réunissent les cadavres calcinés et les jettent dans un puits qui se trouvait dans la cathédrale même, d'où ce puits a été nommé jusqu'aujourd'hui par les citoyens, *Lieu fort*. Il s'y fait beaucoup de miracles » (1).

Le manuscrit A, dans le Préambule, mentionne Hasting comme chef de l'expédition qui a pris Chartres, *eorum dux*. Au chapitre 21 du livre Ier, il ne parle plus du chef normand.

Le manuscrit B supprime dans le Préambule tout ce qui concerne Hasting et le reporte au livre Ier.

Dans l'un et dans l'autre, la première narration manque de points de repère. Dans la seconde, la prise de Chartres est placée après la mort de l'évêque Gislebert, au temps du meurtre de l'évêque Frotbold.

Il serait difficile d'attribuer les deux récits à un même auteur, si Paul ne disait : *ut retro affatim scripsi*. On peut supposer que, un peu plus tard, le moine de Saint-Père, se croyant mieux informé, a complété sa première rédaction.

(1) Après les mots *feris corrodenda reliquerunt*, B ajoute : *Populus denique, qui effugere potuit gladium barbarorum, ad concrematam urbem regreditur atque collegit busta crematorum et in puteo quodam, intra ipsam œcclesiam sito, projecit ; inde ipse puteus Locus fortis a civibus usque hodie vocitatur..... ubi multa fiunt miracula.* Évidemment, il faut distinguer le *populus* rentrant à Chartres des *Franci* qui poursuivirent les Normands.

On ne saurait dire si les additions du manuscrit B lui sont attribuables. Cependant, ce qui est certain, c'est que Paul a commis un anachronisme aussi inexplicable qu'incontestable, en plaçant le meurtre de Frotbold après la mort de Gislebert (1). Mais, comme le fait capital de son récit est la mort de Frotbold ; comme cette mort est fixée par des documents sérieux, soit à l'année 857, soit à l'année 858, il, n'y a pas à hésiter et il faut placer la première prise de Chartres à l'une de ces deux années.

La date de 857 est donnée par les *Annales Bertiniani,* sorte de document officiel, qui, quant aux détails, diffère sensiblement de la version de Paul.

Frotbold se noie dans l'Eure en voulant se sauver.

Mabillon, dans ses *Vetera analecta*, p. 230, a publié un texte provenant d'un manuscrit chartrain : *Anno Incarnationis dominice DCCCLVIII, Indictione VI*, a paganis Sequanensibus facta est magna cedes Carnotis, in qua interempti sunt..... Frotboldus episcopus..... et cetera multitudo, pro quibus exorate Dominum (2).* R. Merlet et M. l'abbé Clerval, éditeurs de ce manuscrit, ont complété le texte en donnant la date du jour : *II° idus junii.*

Le manuscrit, selon les savants éditeurs, est du XI° siècle, c'est-à-dire postérieur à l'événement de

(1) Cartul., I, 45. Paul commet cet anachronisme après avoir copié une charte de Gislebert, que Guérard attribue avec raison à l'an 860.

(2) Mabillon : *Vetera analecta,* page 230, éd. 1723, avait cité ce passage, en oubliant toutefois la date du jour, *II° idus junii : Diei indictio, si non me fallit memoriola, prætermissa est.* Mais il suppléait à cette faute de copie en se rappelant que l'obit de Frotbold tombait le même jour que celui de Sige, abbé de Saumur, c'est-à-dire le II des ides de juin.

plus d'un siècle et demi (1). *A priori*, cependant, le nécrologe qui donne la date de jour, celle de l'année et de l'indiction, doit être préféré aux Annales de Saint-Bertin.

Le texte de ces dernières Annales présente quelques sérieuses difficultés. L'expédition sur Chartres, la mort de Frotbold, sont rapportées à la fin de l'année 857, alors que manifestement elles ont eu lieu au mois de juin.

En outre, après la mention de l'année 858, les *Annales* s'expriment d'une façon anormale : *Quando, etc.* Il semble qu'elles aient subi une interpolation ou, au moins, une addition.

On ne saura jamais quel fut exactement le genre de mort de Frotbold, s'il fut noyé ou égorgé. Là encore, cependant, il faut faire foi au récit local, et attribuer le meurtre de l'évêque à l'action des Normands.

Tel fut le premier siège, ou plutôt telle fut la surprise de Chartres en 858. Une enceinte trop vaste pour être utilement gardée, peu ou point de force militaire, un ennemi aussi rusé que courageux, il n'en faut pas plus pour expliquer ce coup de main. Les dehors de la ville durent souffrir moins que la place et surtout que la cathédrale. La construction en bois du plus grand nombre des monuments et des parties supérieures des clôtures, explique l'importance de la destruction par le feu. Les Normands procédaient par la terreur.

Aug. Le Prévost dit, dans un éclaircissement sur le Cartulaire (p. cclxxxiii) : « Cette invasion de Chartres

---

(1) R. Merlet et abbé Clerval : *Un manuscrit chartrain du XIe siècle*, p. 166.

par Hasting et cette victoire des Francs à l'embouchure de la Dive, sont des faits supposés. L'invasion de Chartres par les Normands de la Seine eut lieu réellement en 858 ».

Nous ne saurions nous rallier à cette critique. En 858, de nombreuses bandes normandes parcouraient la France, allaient, venaient, s'associaient, se séparaient, comme on le voit dans le récit du siège d'Oscelle. Il se peut que, parmi les assiégeants de Chartres en 858, une petite bande venue de Jeufosse soit repartie pour Dives, où elle avait laissé ses vaisseaux de haute mer, qu'une troupe française se soit mise à sa poursuite et ait remporté sur elle quelque succès. C'est le souvenir qu'on aura naturellement gardé à Chartres, tandis que le rédacteur officiel des *Annales Bertiniani* s'est borné à mentionner le départ pour cette ville d'une partie des Normands d'Oscelle, qui avaient tant préoccupé Charles le Chauve.

III.

(858-876)

Nous avons eu pour la période précédente à compter avec le moine Paul, vérifié par les seules Annales de Saint-Bertin. Il va désormais rester sans contrôle ; mais les recherches des Bénédictins laïques de sa cité (à prendre laïque dans l'ancien sens du mot), vont confirmer l'exactitude du religieux de Saint-Père.

Paul se place au lendemain de la dévastation de 858.

« Cette ville, s'écrie-t-il, jadis assiégée pendant dix ans par Jules César, restée inexpugnable, ayant repoussé sans faiblir les phalanges romaines et argiennes, tant elle était bâtie en pierres carrées et énormes, munie de hautes tours, si bien qu'on l'appelait la cité de pierres de taille, cette ville si fière de ses aqueducs, de ses voies souterraines, par où lui arrivait le nécessaire de la vie ; voilà qu'aujourd'hui, par la permission de Dieu, une race, privée de la grâce divine, la démolit jusqu'à ses fondements et la livre aux flammes » (1).

Ce passage du ms. A a-t-il été écrit deux cents ans après l'événement. Ne serait-il pas plutôt l'écho d'une plainte contemporaine ? Quoi qu'il en soit, le manuscrit B va le compléter très heureusement.

« Dieu, dans sa sagesse, corrigeant les fautes des siens, sans les condamner à périr, assoupit la cruauté de ces barbares impies ; il rendit la paix de ce monde aux fugitifs revenus dans leur ville et à tout le restant du peuple. Incapables cependant de relever dans son entier la cité détruite, ils choisirent, pour y habiter, un coin encore environné d'un mur et de débris des remparts. Puis, plaçant pierre sur pierre, sans ciment, ils essayèrent de s'y protéger de la façon qu'on voit encore aujourd'hui (1030-1050) » (2).

Ainsi, la ville de Chartres, qui avait, jusqu'en 858, conservé son enceinte gallo-romaine, dut se restreindre dans un périmètre resté fortifié, qu'on ferma à l'aide d'une muraille improvisée et faite de débris.

(1) Une phrase de ce passage nous paraît assez difficile à traduire : « *nunc ab inopi divinæ virtutis gente, Deo permittente, solotenus evertitur et ignibus concrematur* ». Cart., I, p. 5. Je me demande, sans rien affirmer, si Paul n'a pas dit : « par la faute d'une population qui a perdu la grâce divine ». Cela paraît plus dans le style.

(2) *Cartul. de Saint-Père*, I, 5. Il faut prendre ici le mot *angulus* dans son sens général, et non dans un sens géométrique.

Les savants chartrains ont découvert et indiqué avec précision, dans presque toute leur étendue, les limites de l'enceinte gallo-romaine de leur ville (1) ; mais a-t-on pu déterminer l'*angulus* mentionné par le moine Paul, et la place de ce rempart de fortune qui existait encore au XIe siècle ?

Une étude attentive des lieux a permis de retrouver les traces de ce mur rue du Marché à la Filasse et rue du Cheval-Blanc, « ce qui laissait en dehors des fortifications les anciens quartiers gallo-romains de Beauvoir et du Châtelet » (2).

Nous pouvons donc maintenant avoir une idée très exacte de la valeur militaire de la place de Chartres à l'époque du siège de 911.

De l'abside de l'église Saint-Aignan (cote 153) à l'abside de la cathédrale (cote 155), le rempart se trouvait à 32 mètres au-dessus du niveau de l'Eure (cote 123).

---

(1) Quoi qu'en dise Moutié *(Station de Chartres, p. 27)*, les efforts faits par les savants chartrains ne sont pas restés sans résultat. Ils en ont donné un excellent résumé dans le *Guide archéologique du Congrès de Chartres, Bulletin Monum.*, 1890, p. 275 : « La cité, close de murailles, aurait eu la forme d'un rectangle mesurant environ 800 mètres de longueur sur 250 mètres de largeur. Partant de la place de l'Étape-au-Vin, l'enceinte suivait la crête de la colline jusqu'à la rencontre de la vallée de Vaux-Rou, passant sous l'abside de l'église Saint-Aignan, sous le chœur de la cathédrale, et longeant probablement le haut de la rue Muret, d'où elle retournait vers l'ouest à angle droit, contournant la butte actuelle des Charbonniers et le rempart du Châtelet. Elle se poursuivait ensuite parallèlement aux rues Saint-Mesme et Percheronne, traversant sans doute la place Marceau, et de là aurait été gagner la place des Halles pour revenir à l'Étape-au-Vin ».

(2) *Bulletin Monumental*, l. c., p. 277.

De l'abside de la cathédrale à la rue Percheronne, même niveau (155, 154), avec cette différence que les points bas de la rue de la Couronne et de la place du Châtelet sont seulement inférieurs de 10 ou 12 mètres (144, 143).

A l'angle formé par la rue du Cheval-Blanc (ex-rue Porte-Neuve) et la rue Saint-Mesme, le rempart (153) n'est plus qu'à deux mètres au-dessus de la place du Châtelet et presque à niveau avec la place des Épars (154);

De la rue Saint-Mesme à la place Marceau (157), à la place des Halles (156, 50), à l'Étape-au-Vin (153, 50), on se trouvait, à un mètre ou deux près, de plein pied avec les terrains environnants, et la différence ne s'accentuait qu'auprès de l'abbaye de Saint-Père (129) (1).

L'enceinte formait alors une espèce de trapèze. Trois côtés couronnaient la crête d'une colline assez escarpée, dont la rivière d'Eure protégeait encore le front est.

Le quatrième côté, de la place du Châtelet à l'Étape-au-Vin, constituait ce qu'on appellerait la gorge de la forteresse.

Il en était le point faible, accessible par des pentes modérées et destitué de cette défense naturelle qui doublait la force des murailles à l'est, au nord et au nord-est.

L'épiscopat de l'évêque Gislebert jouit de la paix relative, dont parle le Cartulaire. Ce prélat releva de

---

(1) J'ai relevé ces cotes sur le plan de la ville de Chartres par Bourgoin (1889). Évidemment, les niveaux ont pu varier avec le temps, suivant les remblais et les déblais ; mais l'ensemble doit rester suffisamment exact.

ses ruines l'abbaye de Saint-Père et mérita le titre
d'*Episcopus munificus* (1).

Le gouvernement central, si on peut donner ce nom à
celui qui existait alors, laissait s'établir un système de
défense contre les Normands, compromettant pour son
autorité, mais en somme effectif. Au nord de la rive
droite de la Seine, un seigneur, Adalard, exerçait l'autorité militaire ; sur la rive gauche du même fleuve
et jusqu'à la Loire, Robert le Fort organisait la ré-
sistance dans son duché (2).

En fait, c'est le commencement des défenses locales.

Quoi qu'il en soit, nous avons la preuve qu'en 865 il
n'était pas facile aux Normands de la Seine de marcher
sur Chartres.

Partant de Pitres, près Pont-de-l'Arche, cinq cents
d'entre eux se proposent d'aller piller le pays chartrain. Ils sont attaqués par les gardiens de la rive
gauche du fleuve, laissent des morts et des blessés, et
regagnent leurs navires (3).

L'engagement a dû avoir lieu avec les troupes de
Robert le Fort postées sur la rive gauche de la Seine,
au point de passage d'une des routes conduisant de
Jeufosse à Chartres (4).

(1) Cartul., I, 44.

Ann. Bland., ad ann. 861, *Monumenta Germ. Hist. script.,*
V, 24. Folcuinus, *Gesta abb. S. Bertini,* id., XIII, 620. E.
Dümmler, *Geschichte ibid. des ost. fr. Reiches,* II, 23, éd. 1887.

(2) Kalckstein : *Robert der Tapferer,* Excursus IX. E. Bour-
geois : *Hugues l'abbé,* p. 16. Caen, 1885.

(3) *Karolus perveniens usque ad locum Pistis ubi immo-
rabantur Normanni.* Ann. Bertin., *ad ann.* 865, p. 150, éd.
publiée pour la Société de l'Hist. de France.

(4) Voici ce que disent les *Annales Bertiniani : Indeque (a
Pistis) amplius quam quingenti ultra Sequanam usque ad*

L'année suivante, Charles le Chauve achète le départ de ces hôtes incommodes et porte ses travaux de défense jusqu'à Pitres et au Pont-de-l'Arche (1).

En 869, il ordonne aux villes du pays d'Outre-Seine, à savoir : aux villes du Mans et de Tours, de se fortifier pour protéger les populations contre les Normands (2).

Chartres se trouvait ainsi couvert par le Mans, contre les agressions des pirates de la Loire, par les fortifications de Pitres, contre les pirates de la Seine (3).

La situation y était assez sûre pour que l'empereur y convoquât un placite en 867 (4) ; mais, en 876,

Carnotum prædatum ire disponentes, a custodibus ripæ ipsius fluminis impetuntur et, quibusdam suorum amissis, quibusdam etiam vulneratis, ad naves regrediuntur. Évidemment, les gardiens du fleuve étaient sur le cours d'eau que les Normands remontaient en barque. Voici cependant ce que dit un historien moderne de Chartres : « Ils atteignaient presque les remparts de notre cité renaissante, lorsque, attaqués par les gardiens du fleuve, ils furent obligés de regagner précipitamment leurs navires ». Lépinois, *Hist. de Chartres*, p. 33. Les gardiens du fleuve les auraient donc laissés passer. — On comprendra que nous n'avons pas l'intention de critiquer un ouvrage soigneusement fait ; mais il paraît bon de montrer par un exemple combien il est nécessaire de ne pas trop étendre la portée des textes.

(1) *Ann. Bert.*, ad ann. 866, p. 155 : *Karolus hostiliter ad locum qui dicitur Pistis cum operariis et carris ad proficienda opera, ne iterum Nortmanni sursum ascendere valeant, pergit.*

(2) *Ann. Bertin.*, ad ann. 869, p. 199.

(3) Le continuateur d'Aimoin place à cette année 869 une seconde invasion de Paris et du monastère de Saint-Germain par les Normands. C'est une erreur manifeste. V. *Ann. Bertin.*, *ibid.*, p. 199.

(4) *Ann. Bertin.*, ad ann. 867, p. 166. C'est alors que Charles céda le Cotentin à Salomon, duc de Bretagne.

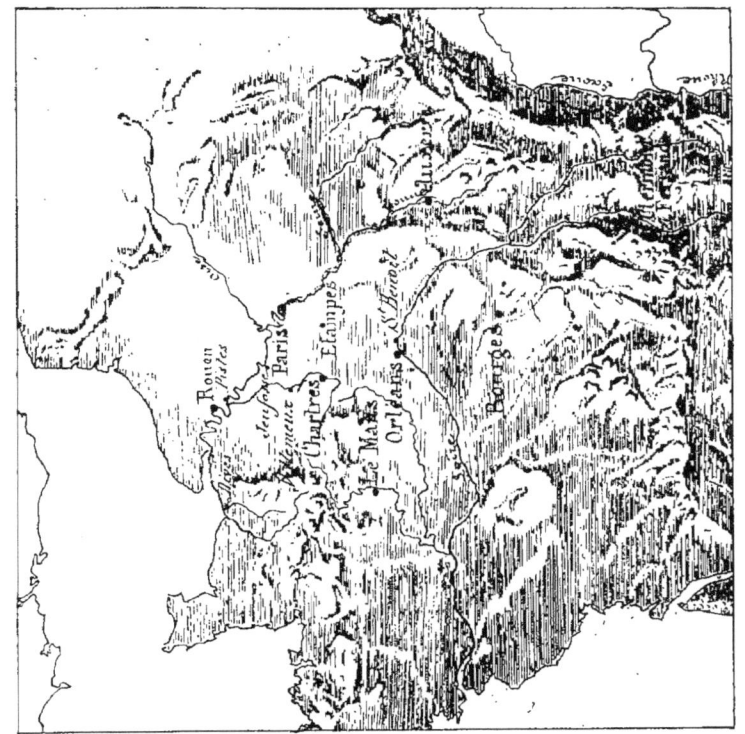

Carte pour l'intelligence de l'expédition de Rollon, en 910.

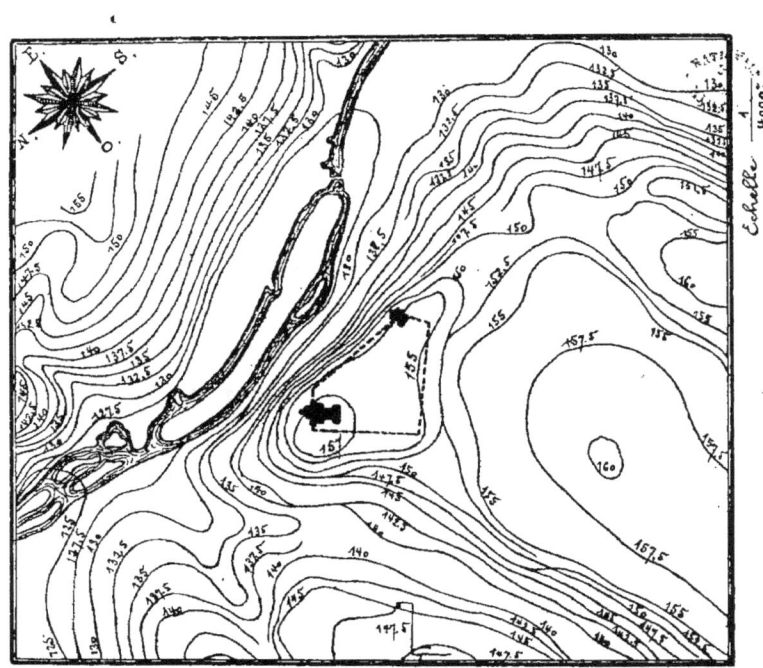

Chartres et ses environs, en 911.

les Normands reparaissent dans la Seine avant la Saint-Martin d'été.

L'empereur Charles leur envoya Conrad et plusieurs autres grands seigneurs avec l'ordre de traiter à quelque prix que ce fût de leur retraite (1).

Les Annales contemporaines ne disent pas ce qui arriva de cette mission. Elle dut réussir. Dans tous les cas, le bassin de la Seine demeura paisible jusqu'en 885.

IV.

(885-889)

Nous voici parvenus à l'année où Rollon, petit chef dans la grande armée normande, parut pour la première fois dans la Seine.

D'après les *Annales Vedastini,* les Normands qui occupèrent Rouen en 886 venaient de Flandre. Les Français du royaume de Carloman les avaient poursuivis successivement à Amiens, à Boulogne (884), sur l'Escaut (885). Là, les Normands leur avaient dit ironiquement : « Pourquoi venir à nous ? Nous savons qui vous êtes. Vous voulez que nous revenions chez vous ! nous y reviendrons » (2).

---

(1) *Karolus imperator Chonruadum et alios primores ad Nortmannos, qui in Sequanam venerant, misit ut, quocumque modo possent, fœdus cum eis pascicerentur. Ann. Bertiniani,* ad ann. 876, p. 153, éd. de la Société de l'Histoire de France ; p. 134 de l'édition Waitz.

(2) *Francosque qui venerant ex regno Karlomanni irrisere Dani : Ut quid ad nos venistis ? non fuit necesse ; nos*

Au même moment, le Danois Godefroi fut assassiné par Henri, duc des Marches saxonnes. Aussitôt les bandes de l'Escaut, prenant part à un mouvement général, pénétrèrent dans la Seine.

Ici se présente une difficulté. Comment faut-il traduire ce passage des *Annales Vedastini : Mense itaque Iulio 8 Kal. augusti Rotomagum civitatem ingressi (Normanni) cum omni exercitu; Francique eos usque in dictum locum insecuti sunt; et quia necdum eorum naves advenerant, cum navibus in Sequana repertis fluvium transierunt?* « L'auteur des Annales, dit l'abbé Le Bœuf, nous apprend que, le 25 juillet, les Danois entrèrent dans la ville de Rouen avec toute leur armée et que les Français coururent sur eux ; ce qui n'empêcha pas ces barbares, quoique leurs barques ne fussent pas arrivées, de passer la Seine à l'aide de bateaux qu'ils y trouvèrent, et de se fortifier de l'autre côté » (1).

Cette interprétation suppose que ces Normands seraient venus des rives de l'Escaut par terre, ce qui est invraisemblable.

Il faut entendre le *Franci eos usque insecuti sunt,* en ce sens que les Français suivirent par terre les mouvements de la flotte normande, jusqu'à Rouen.

Dudon de Saint-Quentin nous a donné le récit normand de cette invasion, et il est évident qu'elle se fit par la Seine (2).

---

scimus qui estis ; et vultis quod ad vos redeamus ; quod faciemus. Ann. Ved., ad ann. 885. *Mon. Hist. Germ.*, I, 522.

(1) *Notice raisonnée des Annales Védastines, ms. du X*ᵉ *siècle, etc.* Mém. de l'Acad. des Inscript., XXIV, 708.

(2) Dudo : *De moribus et actis primorum Normanniæ ducum,* p. 48 et 151, éd. Lair, Caen, 1865.

Quand les pirates se furent portés aux Damps, c'est-
à-dire sur la rive gauche, le corps d'observation, venu
du Nord, qui n'avait pas encore été rejoint par la flot-
tille française, passa à son tour sur cette rive, avec
des barques d'occasion, pour défendre la vallée de
l'Eure.

Cette manœuvre était d'autant plus indiquée que
Ragnold, duc du Maine, arrivait de ce côté (1), ainsi
que les levées faites en Bourgogne. Sur ce point le
récit de Dudon ne peut être suspect. Il est également
digne de foi lorsqu'il signale aux Damps la présence de
Rollon, dont il exagère d'ailleurs l'autorité (2).

Le même chroniqueur montre, parmi les troupes
françaises, le Danois Hasting, sans indiquer sa qualité
ni lui attribuer aucun domaine. Mais, Guillaume de
Jumièges lui donne le titre de comte de Chartres. Wace
et Benoît de Saint-More ont reproduit cette assertion
en la développant (3).

Aucun document chartrain ne mentionne ce personnage à cette époque, et il ne paraît avoir été connu
dans le pays que par les documents normands.

Le Cartulaire de Saint-Père, qui cite les exploits
d'Hasting à Luna et sous les murs de Chartres en 858,
est muet sur sa présence lors de l'invasion de 885.

---

(1) Charles le Chauve avait suivi ce chemin en 873, lorsqu'il
revint d'Angers à Pitres : *Karolus, mense octobris per Cino-
mannis civitatem et Ebroicense oppidum, ac secus castellum
novum Pistas, Ambianis kalendas novembris pervenit.* Ann.
Bert., ad ann. 873.

(2) *Rollo, a Rotomo, divulsis navibus, subvenitur ad Ar-
chas usque, quæ as Dans dicitur.* Dudo, p. 154.

(3) Cette question mérite une étude spéciale.

Cette dernière fut suivie du célèbre siège de Paris, sur lequel il y aurait encore beaucoup à dire, malgré la savante étude dont il a été récemment l'objet (1), mais cette discussion sortirait de notre cadre.

Les événements qui troublaient si gravement les bords de la Seine devaient avoir leur répercussion sur ceux de l'Eure.

Le 21 novembre 885, on avait apporté les reliques de saint Wandrille à Saint-Chéron, près de Chartres. Le 16 février 886, « *metu gentilium* », elles furent transférées dans la ville (2). La précaution n'était pas inutile.

Après la destruction à Paris de la tour Saint-Germain, une bande d'assiégeants regagna la station de la Loire et sa patrie, parcourant les pays situés entre les deux fleuves et enlevant un butin qu'on ne disputait pas à ses exigences (3).

---

(1) Favre : *Eudes, comte de Paris*. Paris, 1893.

(2) Lépinois : *Hist. de Chartres*, I, 35, où on a imprimé par erreur 895. V. *Translatio sancti Wandregisili*, Bouquet, IX, 108 ; *Monumenta Germaniæ hist. Script.*, XX, 409.

(3) *Trans Sequanam saliunt Ligerimque petunt patriamque;*
Has inter geminas peragrant, prædam capientes,
Quam regio ipsa meo pandet jussu dominante.

Lib. 1, v. 548.

Taranne traduit : « Alors, ils se dirigent vers la Loire, leur patrie ». Peut-être faut-il entendre : vers la Loire et vers leur patrie. On sait que plusieurs bandes retournèrent en Scandinavie.

Mais la principale difficulté de ce passage se trouve au vers : *Quam regio ipsa meo*. Taranne traduit : « un butin que cette contrée docile à mes ordres décrira elle-même ». C'est absurde. *Pandere* a ici le sens de livrer, abandonner. Quant à *meo*, leçon des mss., il ne présente pas de sens acceptable, ainsi que

Au même moment ou peu de temps après, un parti de Normands, fatigués des lenteurs du siège de Paris, partit en tournée de ravitaillement.

Leurs chefs ne sont pas nommés par Abbon, mais le moine de Saint-Germain nous donne les noms de deux guerriers, Godefroi et Eudes, au service d'un comte Uddon, et qui défendirent vaillamment Chartres. Les pirates laissèrent dans le pays plus de quinze cents morts (1).

le prouve la traduction littérale, mais inintelligible, de Taranne. Abbon n'avait pas d'ordres à donner. Il faut supposer le barbarisme *suo jussu*.

(1)   *Legisti prœdas, etiam cognosce trophœa.*
        Restitit oppida quœque capi suprema voluntas.
        Obfuit at, Domino tribuente, suprema potestas.
        Carnoteno innumeros conflictus applicuerunt
        Allophyli : verum liquere cadavera mille
        Hic quingenta simul, rubeo populante duello.
        Una dies istum voluit sic ludere ludum.
        His Ducibus, Godefredo necnon et Odone,
        Belligeri fuerunt Uddonis consulis ambo.
        Idem Odo prœterea opposuit se sepius illis,
        Et vicit jugiter victor. Heu, liquerat illum
        Dextra manus bello quondam, cujus loca cinxit
        Ferrea, pene vigore nihil infirmior ipsa.
                Abbo, lib. I, v. 645, lib. II, v. 154.

Favre dit à ce sujet : « M. de Kalckstein *(Abt Ugo,* p. 126), fait deux suppositions contradictoires relatives à cet Uddon ; d'après l'une, il serait Eudes, le futur roi ; d'après l'autre, Hugues l'abbé ; l'une et l'autre sont sans fondement ». *Eudes,* p. 48. R. Merlet identifie *Godefridus* avec un Geoffroi du Mans et *Odo* avec Eudes, comte de Chartres, fils du comte Eudes (V. *Les Comtes de Chartres,* p. 68). La filiation des Eudes est établie ; mais rien ne prouve que Eudes II ait été comte de Chartres.

Le même auteur nous apprend que les Normands ne furent pas plus heureux sous les murs du Mans ni à l'attaque d'autres villes, qu'ils tentèrent de piller.

Le fait de l'expédition pris en lui même ne paraît pas douteux ; toutefois la date de février 886, adoptée par Taranne, Fabre, Lucien'Merlet, n'est pas établie.

On l'induit des translations de reliques de saint Wandrille et de saint Aubert. Mais ces événements ont pu se suivre avec un certain intervalle.

Autant que les documents permettent de l'affirmer, Chartres jouit ensuite de vingt-cinq années de tranquillité.

C'est dire qu'en 911 bien peu des habitants de cette ville avaient vu les désastres de l'an 858. L'heureuse défense de 886-87, avait sans doute rassuré encore les esprits. Le danger cependant n'était pas écarté.

Rollon, le petit compagnon confondu dans la troupe des pirates combattant à Pont-de-l'Arche en 886, était devenu un grand chef en 890. Il avait même un moment quitté la France, mais non sans esprit de retour.

On ne saurait dire à quelle époque précise il s'était établi définitivement à Rouen ; tout ce que nous savons c'est qu'une troupe de Normands rentra dans la Seine en 896, sous le commandement d'un chef nommé Hunedeus ou Hunedeus (1). On l'y voit encore stationner en 898.

---

(1) *Ann. Vedast.*, ad ann. 896, éd. de la Société de l'Histoire de France, p. 353. — Notre savant ami J. Steenstrup pense que Hunedeus est une mauvaise lecture du nom *Hulcheus*, variante du nom de Hulcus, parent de Rollon. *Études préliminaires pour servir à l'Histoire de Normandie*, etc., p. 105.

C'est une conjecture ingénieuse que Eckel trouve, avec raison, un peu hardie *(Charles le Simple*, p. 64) et qui a bien besoin

Puis la fin ou la suppression des *Annales Vedastini*
nous laisse sans renseignements à partir de l'an 900.
Quand l'histoire recommence, c'est Dudon qui parle,
d'après les notes de Raoul d'Ivri.

Nous voici arrivés aux opérations qui précédèrent le
siège de Chartres en 911.

La version normande, la seule qui présente une suite
sérieuse, commence par le récit d'une trêve demandée
à Rollon par Charles le Simple. Le négociateur est
l'évêque de Rouen, Francon, dont le nom ne paraît
pas ailleurs que dans les historiens normands.

Il ne faudrait pas cependant mettre en doute son
existence, puisqu'il figure dès le XI° siècle dans les

de preuves. Le parent de Rollon s'appelait Malahulcus. Huoc-
deus fut baptisé en 897 *(Ann. Vedast.).* Cette conversion d'un
ancêtre n'aurait-elle pas été rappelée par des panégyristes de
Rollon, tels que Dudon ?

A ce propos, on a depuis longtemps associé au baptême de
Hunedeus la lettre de Foulques, archevêque de Reims, con-
damnant le projet attribué à Charles le Simple de s'allier aux
Normands (Frodoard : *Hist. eccles. Rem.,* 10, 5). Foulques
n'aurait pas pu blâmer la conversion d'un païen. Le projet condamné est donc antérieur à 897. Je crois avec Eckel *(op. cit.,*
p. 63) contre Gfrörer *(Geschichte der ost und west fränkischen
Carolinger),* que ce projet n'a pu être formé en 892, alors
que Charles n'était pas encore couronné. Il faut le placer à une
époque où Charles a dû passer à l'étranger chez Zwentibold
(895-897). M. Eckel s'avance beaucoup en disant : « Il est à remarquer qu'en 897, comme quatorze ans plus tard, Charles a
pris soin de faire baptiser le chef normand avant d'entamer
avec lui des négociations sérieuses », p. 25. Les *Annal. Vedastini* ne parlent pas de négociations, ni avant, ni après 897, et,
en 911, Charles traita avec Rollon avant le baptême de ce dernier.

listes épiscopales du diocèse (1). Il était d'ailleurs tout désigné pour cette entremise pacifique. L'occupation normande s'étendait tout au plus jusqu'à l'Andelle ou à l'Epte, tandis que le diocèse comprenait en outre ce que nous appelons le Vexin français.

Francon négocie une trêve de trois mois, *spatio vero hujus brevissimi temporis quievit terra a paganis* (2).

Si le paysan goûta quelque repos, les politiciens ne se tinrent pas pour satisfaits.

Richard, duc de Bourgogne, et Ebles, comte de Poitiers, critiquèrent la lâcheté des Français.

De son côté, à l'expiration de la trêve, Rollon prétendit qu'on la lui avait imputée à faiblesse, qu'on le méprisait et au lieu de la renouveler, il recommença la guerre ou plutôt le pillage (3).

---

(1) M. Eckel (p. 71, note 1) reprend, dans son intéressant travail, les doutes anciennement émis sur l'existence de Francon. Les maçons disent que démolir ou bâtir, c'est toujours travailler. Nous imitons les maçons. soit. Mais à qui, en bonne conscience, fera-t-on admettre qu'un homme, écrivant soixante ans après les événements, donnera, sans intérêt aucun, un faux nom à un archevêque de Rouen, que ce nom sera maintenu dans des ouvrages rédigés à Jumièges, à Saint-Évroult, en Normandie, et dans un récit comme celui de la *Translation* des reliques de saint Ouen ? — Puisque l'occasion s'en présente, profitons-en pour déclarer que, tout en admirant le savoir de nos jeunes confrères, nous persistons dans nos conclusions sur le traité de Saint-Clair-sur-Epte, sur le mariage de Rollon avec Gisèle, etc. Un peu d'étude écarte de Dudon, beaucoup de réflexion y ramène.

(2) Dudon : *De moribus*, p. 160.

(3) Dudo : *De moribus*, p. 160. M. Eckel attribue à l'an 898 l'expédition de Rollon en Auvergne *(Charles le Simple*, p. 67). Il nous est impossible d'accepter son opinion. Il faut prendre

Ses troupes se dirigent vers la Bourgogne, naviguent de l'Yonne dans la Saône, dévastent le pays voisin des rivières, jusqu'à Clermont. Elles envahissent la province de Sens et, ravageant tout, reviennent jusqu'à Saint-Benoît-sur-Loire, où Rollon va au devant d'elles(1).

L'incohérence du récit de Dudon est frappante. On ne passe pas de l'Yonne dans la Saône pour aller à Clermont-Ferrand et surtout pour envahir la province de Sens. Aussi Guillaume de Jumièges se borne-t-il à dire : *Continuo, solita rabie, Franciam usque ad Stampas, missis hac illacque exercitibus, demolitur* (2).

Wace, qui s'applique toujours à comprendre Dudon et à le rendre clair, si possible. dit :

> Entrez sunt dedenz France...
> Tresqu'a Sens sur June a tut ars e gaste.
> Devers Saint-Bencest a sun eire aturne.
>
> (v. p. 740 et suiv.).

Benoît de Saint-More reprend l'intégralité du texte de Dudon, et c'est lui qui, au nom de Clermont, ajoute « en Auverne » (v. 5040). (3).

---

ou rejeter le récit de Dudon. Selon le Doyen de Saint-Quentin, l'expédition suivit une trêve de 3 mois, critiquée par Ebles, comte de Poitiers. Or, Ebles ne fut comte qu'à partir de 902.

(1) *Sui autem in Burgundiam pergentes perque Jonam in Sigonam navigantes terrasque amnibus affines usque Clarum montem undique secus devastantes, Senonis provinciam invaserunt atque cuncta depopulantes ad Sanctum Benedictum contra Rollonem revenerunt.* Dudo, p. 161.

(2) Will. Gemm., lib. II, c. 14.

(3) *Chron. des ducs de Normandie*, I, 258. Et même, pour faire l'homme renseigné, Benoît cite le nombre des victimes des Normands, « dis mil homes lor unt morz » (v. 5062).

Ne faudrait-il pas simplement corriger le texte du Doyen de Saint-Quentin et lire « *perque Sequanam in Jonam navigantes* » ?

Un auteur, presque contemporain, nous a conservé la version française de l'expédition des Normands dans le Sénonais, et, grâce à lui, on peut fixer la date de cet événement. Le texte est d'ailleurs très intéressant en lui-même.

Après la mort de l'évêque d'Auxerre, *Herifridus*, le vicomte de cette ville, nommé Renard *(Raginardus)*, homme opulent, très en crédit à la cour du duc Richard, voulant avoir un évêque à sa dévotion, proposa au choix du Chapitre un Français nommé Gerran, originaire de Soissons, et dont il fit le plus grand éloge. Moitié par force, moitié par raison, on nomma Gerran, choix ratifié par Gautier, archevêque de Sens, et par le roi Charles. Bientôt les Normands et Renard lui-même mirent à l'épreuve les vertus du nouveau prélat (1).

Le vicomte et son frère Manassé ne songeaient qu'à s'emparer des biens de l'Église. Comme l'évêque ne se prêtait pas à leurs exactions, ils s'efforçaient d'annihiler son pouvoir.

C'est alors que les Normands paraissent, pillant, ravageant, tuant. Gerran exhorte ses diocésains à prendre les armes, il appelle à son secours le vicomte Renard, qui ne bouge pas (2).

(1) *Quantasque a prefato Ragenardo atque a barbarica Normannorum gente pro suo suorumque munimine persecutiones passus sit, saltem succincte expedire licebit*.....*Gesta pontificum Autissiodorensium.* Bibl. hist. de l'Yonne, I, 368. Cf. Le Beuf: *Hist. ecclés. d'Auxerre*, I, 204, 205 et suiv.

(2) *Mandat Ragenardo verbis postulativis ut secum ad pugnam exeat et minime impetrat.* Ibid., p. 369.

Sortant quand même, éclairant sa marche, il attaque les pirates, les bat, leur enlève deux chefs de marque, à ce qu'on dit, mais qu'on ne paraît pas avoir traités en conséquence. En effet, l'un est précipité du haut des remparts d'Auxerre, l'autre est livré au vicomte Renard (1).

Le prélat renouvela ces hardis coups de main tant que les Normands continuèrent à infester son diocèse.

Les *Gesta* ajoutent qu'il accompagna « les grands chefs » Robert et Richard, et assista au combat livré devant Chartres (2).

Comme Gerran avait été nommé évêque en 910, comme le combat sous Chartres eut lieu en 911, on peut dater de 910 la campagne des Normands dans le Sénonais.

Le lien entre les deux faits, lutte sous les murs d'Auxerre et siège de Chartres, est nettement établi.

Au surplus, un autre document, la Chronique de Sainte-Colombe de Sens, nous donne indirectement la date précise de ces événements : 910. *Hoc anno, 8 kal.*

Un obituaire d'Auxerre porte à la date du 29 juillet : *Ragenaldus hujus ecclesiæ eodem die Senonis pugnando interfectus est.* L'annotateur suppose qu'il s'agit du *Ragenardus* des *Gesta*, supposition non admissible. *Mém. concern. l'Hist. ecclés. d'Auxerre*, IV, 10-16.

(1) Un obituaire d'Auxerre porte au 17 avril cette mention : *Victoria Comitis.* L'annotateur suppose qu'il s'agit du combat dont nous parlons, et où Richard se serait trouvé. Cela n'est pas probable. Dans ce cas, le vicomte Renard aurait marché.

(2) *Hujus (Geranni) victrix dextra una cum Richardo et Roberto, duobus maximis proceribus, prelio, quod apud Carnotum urbem gestum est, interfuit, ubi interventu Dei Genitricis Marie,* etc. *Bibl. hist.*, I, p. 369.

*Junii, feria VI° (26 mai), jacta sunt fondamenta muri
circa monasterium domne Columbe, a Bettone ejus-
dem..... præposito* (1).

Or, les *Gesta Pontificum Autissiodorensium* nous
apprennent que Betton, prévôt de Sainte-Colombe,
entreprit cette œuvre pour protéger son monastère
contre les Normands, et ce, avec les permissions de
l'abbé et du duc Richard (2).

Que Betton ait pris ses précautions avant l'arrivée
des pirates ou un peu après leur départ, il reste avéré
que c'est aux environs du mois de juin 910 qu'avait
eu lieu la bataille livrée par Gerran aux Normands (3).

C'est encore en 910 que la Chronique de Massai
place le meurtre de Madalbert, évêque de Bourges,
par les païens (4).

Cette présence des Normands, constatée à Bourges,
permet d'admettre, comme possible, la pointe faite
par eux jusqu'à Clermont, sans toutefois qu'on puisse
rien affirmer à ce sujet.

Un passage de la *Translatio sancti Genulfi* mentionne l'expédition en Auvergne et la fait suivre de la
concession aux Normands d'un territoire sur les bords
de l'Océan (5).

(1) *Bibl. hist. de l'Yonne*, I, 204.

(2) *Bibl. hist.*, I, 372. Le même texte porte peu après : *Ger-
ranno quippe Autrice sedis episcopo*. *Autrice* doit être une
faute de copiste.

(3) *In cenobio Saxiacensi aulam sancti Baudelii furibunda
Normannorum rabie concrematam*. Loc. cit., p. 376.

(4) *Anno MCCCCX. Madalbertus Bituricensis episcopus a
Paganis trucidatur*. Bouquet, *VIII, 230*. Madalbert avait encore. le 11 septembre 910. signé à Bourges l'acte de fondation
de Cluny. Bruel : *Recueil des chartes de Cluny*, I, 124.

(5) *Itaque cum per septem annorum lustra, Neustriam et
Aquitaniam devastando, Avernum usque pervenissent Nor-*

Toutefois, comme ce même document place au même moment la bataille *ad Districtios*, qui est de 898, l'hésitation subsiste.

Ce qui se passa à Fleury-sur-Loire n'est pas facile à expliquer. Selon Hugues de Sainte-Marie, les Normands auraient égorgé un certain nombre de moines. Selon Dudon, le duc normand, plein de vénération pour saint Benoît, aurait épargné l'abbaye (1).

Un chapitre des *Miracles de saint Benoît*, où l'on raconte les ravages commis à Fleury par les Normands sous la conduite du roi Renaud *(Rainaldus)*, ne concorde pas avec le récit de Dudon; mais il faut remarquer que Renaud, après avoir regagné sa patrie *(ut patriam attigit)*, meurt à Rouen, où son corps est inhumé d'abord dans un tombeau en forme de pyramide. Un tremblement de terre renversa ce tombeau et le corps, cousu dans un sac, fut jeté à la Seine (2).

---

manni, Rex Burgundiæ, Radulfus, in auxilium evocatus ab Aquitanis, cum exercitu valido festinus occurrit eis. Commissoque prælio cum eis, in loco, qui qui dicitur ad Districtios, Deo auxiliante Christianis, pene usque ad internecionem deleti sunt Pagani, et ab Aquitania fugati. Qui vero evadere potuerunt, in oris Galliæ super Oceanum, in urbibus scilicet, quas ipsi primo impetu suo desolaverant, eo pacto permittente Francorum Rege, ut fierent Christiani, resederunt. Quæ loca propter inhabitantes nunc partim Nortmannia, partim Britannia dicuntur. Vita S. Genulfi, Lib. Secundus, caput XIX, Cf. *Fragm. Hist. Francorum*, Bouq., VIII, 298.

(1) Dudon et tous les historiens normands. En sens contraire, l'histoire de *Gisilolphus*, dans les *Miracula Sancti Benedicti*.

(2) *Miracula Sancti Benedicti*, Migne, Pat. lat., CXXXIX, p. 807. Il ne faut pas s'arrêter à l'objection que Renaud est appelé roi. Nous savons que Rollon avait envoyé des troupes

Quittant Fleury, les Normands marchent sur Étampes, dont ils s'emparent (1). Puis Wace ajoute :

D'Estampes turna Rou vers Vilumez tout dreit.

Un coup d'œil sur la carte montre que Rollon, laissant Chartres sur sa gauche, se dirigeait au nord-ouest, vers la contrée qu'il occupait depuis longtemps.

C'est au retour de Fleury que se produisit un épisode des plus curieux. Rollon, conduisant sa troupe, vit se lever derrière lui un gros flot de poussière.. Devinant la poursuite de quelque ennemi, il prend ses dispositions pour le recevoir, et s'aperçoit bientôt qu'il a affaire à des paysans.

Sur ce soulèvement, Dudon n'a qu'un mot : « *Rustici.., congregantes incomprehensibilem multitudinem, desueta arma nequicquam gerentem, conantur invadere Rollonem* ».

Benoît ajoute que les vilains étaient de « Beausse », et il les arme de faux, de fourches et de coignées (2).

Toute autre est l'amplification de Wace, qui décrit cet engagement dans un style très expressif. A-t-il trouvé les éléments de son récit dans quelque

qui devaient avoir un chef, dont le chroniqueur a fait un roi. On peut admettre que Renaud arriva avant son grand chef au monastère de Fleury et qu'il y commit quelques excès, désavoués ensuite par Rollon.

(1) Vers 5007 et suiv.

(2) Estampes unt destruite e li bure unt gaste.

(*Roman de Rou*, v. 749, éd. Andersen).

Wace ajoute :

La vile a asise, l'aveir pris e toleit.

Villemeux méritait-il un siège ? C'est douteux. Le pillage est plus probable. La chose n'était pas prise en mauvaise part. L'auteur dit de Rou :

V qu'il unkes turnoit l'aveir pris e toleit.

chanson de Geste ? On pourrait le croire, sans oser l'affirmer.

> Li chevalier des viles e li bons paisant,
> Vavasur e majur e vilain e serjant
> Virent qu'entour le Rei n'auroient nul garant,
> Ni par duc ne par cunte ne par hume puissant,
> A un jour s'assemblerent, mult fu la turbe grans.
> Vielz escuz, vielz espiez, viels lances vont portant.
> Ne virent mais lurs armes, de lunc tems an avant.
> Empres Rou chevaulchierent, de pres le vont suivant
> Quant Rou les aperçoit ne vait mie fuiant.

(v. 758-766).

Suivent les prescriptions tactiques du chef normand, qui sont très bien entendues.

Notre confrère, R. Merlet, pense qu'entre Dreux et Paris, Rollon fut arrêté dans sa marche par un obstacle inattendu. Les paysans des régions saccagées, s'étant rassemblés en grand nombre, auraient barré la route aux Normands (1).

L'exaspération des paysans n'est pas douteuse; mais je ne crois pas qu'ils eussent osé barrer le chemin aux bandes de Rollon. Les poursuivre, c'est autre chose, surtout si elles laissaient des traînards derrière elles.

D'où venaient ces paysans ? Tout indique qu'ils donnaient la chasse aux Normands et ne les prenaient

---

(1) M. Eckel (Charles le Simple, p. 69), rapporte le fait sans le rattacher à une expédition spéciale de Rollon. Il place celle dont parle Dudon, à Orléans et à Saint-Benoît, en 898. Cette interprétation est manifestement erronée. Il pense que Villemeux pourrait être Villemer, canton de Moret (Seine-et-Marne). Il oublie que Rollon venait d'Étampes et se dirigeait sur Paris.

R. Merlet : Les Comtes de Chartres, p. 79.

pas en flanc. Donc, ils venaient du côté de Nogent-le-Roi, et Benoît est bien inspiré quand il les nomme gens de la Beauce.

Cela explique la colère du chef normand et le parti pris par lui de ne pas laisser sur sa droite, comme une perpétuelle menace, le camp retranché de Chartres.

C'est ce qui résulte du texte de Dudon (1).

Selon cet auteur, après avoir pillé Villemeux et battu les paysans, Rollon hâta sa marche vers Paris (2).

On a peine à admettre cette version. En effet, si l'on jette les yeux sur la carte, il est inadmissible que Rollon, venant d'Étampes, ait d'abord tourné au nord-ouest, vers Villemeux, pour marcher ensuite à l'est, vers Paris.

Wace y a perdu sa stratégie. Après le récit de la défaite des paysans, il montre les Normands ravageant le pays chartrain, le Dunois, et investissant Chartres.

> Cel ivr li Normant ont les Françeis en lur main.
> De si qu'al Chastel Dun ne laissierent a plain
> Maisun a vavasur ne maisun a vilain
>
> .   .   .   .
>
> Quant orent le Chartrain e Duneisin gaste,
> A Chartres sunt alez, s'unt asis la cite.
> (v. 808 et suiv.).

Suivant cette version, Rollon ne revient pas en Normandie.

(1) *Postea vero, Rollo... civitatem Carnotis hostiliter expetit atque Dunensem comitatum et Carnotensem vastans, cum magno exercitu obsedit.*

(2) *Hincque Parisius remeare acceleravit.* Dudo. p. 161. Wace explique ce texte :

> Puis turna a Paris, asaillir le voleit (v. 755).

C'est inadmissible. Le seul fait qu'une bande de paysans ait pu se trouver en contact avec Rollon et sa troupe prouve que le chef normand ne commandait pas alors une véritable armée, telle qu'il dut la réunir pour une aussi grosse opération que le siège de Chartres.

Si l'on fixe la date du combat devant Auxerre entre avril et mai 910, et celle du siège de Chartres, vers juillet 911, on reconnaîtra que les troupes de Rollon n'ont pu tenir campagne si longtemps sans revenir dans le pays conquis par eux pour s'y rafraîchir et se réorganiser.

V.

Quelle était alors la situation de Chartres et du pays chartrain ?

En fait, depuis 858, c'est-à-dire pendant cinquante-trois ans, la ville n'avait pas subi d'attaques directes.

A quelle autorité était-elle soumise ? Un comte y exerçait-il une autorité émanant du pouvoir royal ?

Si l'on admettait la version donnée par Guillaume de Jumièges, reproduite par Wace, par Benoit et par Mousket, le normand Hasting aurait, en 885, vendu ses droits à Thibaut, père d'Eudes, comte de Blois (1).

Selon Wace, Thibaut se serait enfermé dans Chartres pour défendre cette ville contre Rollon.

(1) Lex : *Eudes, comte de Blois, et Thibaut son père*, 1892.

3

En fait, Thibaut ne paraît pas dans les événements de 911. Sa présence n'est révélée par rien, et n'aurait pas pu être omise, s'il eût combattu dans les rangs des défenseurs de Chartres (1).

Selon la *Chronique de Normandie*, l'évêque de cette cité était « quens » ou comte. On comprend que l'on ait adopté ou condamné cette opinion par la suite, suivant que l'on était comte, ou évêque, ou que l'on tenait à l'un d'eux.

Nous n'entendons pas soutenir qu'en 911 l'évêque était comte au sens politique et administratif du mot. Mais s'il se trouvait seul, comme tout l'indique, il exerçait à la fois la puissance religieuse et la puissance séculière.

C'est ce qui ressortira avec évidence de l'exposé qui va suivre.

L'évêque, qui siégeait alors, était *Waltelmus* ou *Wantelmus* (2).

Averti des desseins de Rollon, il chercha du secours. Selon une version peu admissible, il serait allé de sa personne en réclamer; plus vraisemblablement il écrivit ou envoya des messagers.

Ici se présente une première observation.

Les noms des ducs ou comtes appelés par l'évêque varient selon les chroniqueurs qui, pour une raison ou pour une autre, n'en nomment qu'un ou deux.

(1) M. R. Merlet repousse formellement la légende de Thibaut.
(2) Dans les listes, il est appelé *Gancelinus*. — Lépinois : *Hist. de Chartres*, I, 426, écrit « nom qui provient peut-être du nom *Gantelmus* mal transcrit. En français, on a adopté la forme Gousseaume ou Goussiaume, qui se trouve encore dans l'ouest de la France ». Il succédait à Haimon (889) : *Miracula sancti Wandregisili*, Bouq., IX, 108.

Le moine Paul cite le duc de Bourgogne, Richard, et Ebles, comte de Poitiers, puis il ajoute qu'on écrivit aussi à deux puissants seigneurs français (1).

Dudon ne mentionne que Richard et Ebles et tous les chroniqueurs normands le copient.

Si l'on ne possédait que leur récit, le duc de France, Robert, n'aurait pas paru à Chartres dans cette occasion mémorable.

Un texte des plus curieux, que René Merlet a mis le premier en valeur, vient heureusement au secours de l'histoire.

En marge d'un manuscrit de l'église cathédrale de Chartres (Bibl. comm. de Chartres, n° 92, fol. 38, v°), se trouve la lettre suivante :

Rotbertus, comes, et dux Manasses Richardo, comiti salutem. Scitote quoniam fuimus perrecti contra Normannos; sed non invenientes, regressi sumus Parisius, mittentes ad vos, et requirimus utrum vos necne venietis ad nos.

Sur la même marge, on lit d'une écriture de même époque, ces mots : *Galterius archipresul.*

Selon R. Merlet, l'écriture de cette missive daterait du commencement du Xe siècle. Le savant archiviste l'attribue au comte Robert, fils de Robert le Fort, et à Manassès, comte de Dijon, écrivant collectivement au duc de Bourgogne, Richard, au lendemain de l'affaire de Villemeux.

---

(1) *Cart. de Saint-Père*, 1, 47. R. Merlet pense qu'il s'agit de Robert, duc de France, et de Manassès, comte de Dijon, dont nous allons retrouver les noms. Robert, frère du roi Eudes, peut faire figure parmi les « *duos potentissimos Franciæ comites* ». Manassès, comte de Dijon, convient moins bien.

Nous ne saurions accepter cette date de 910. La missive a été écrite vraisemblablement au printemps de 911, alors que Rollon s'était mis en campagne, gardant toujours sa base d'opérations à Jeufosse, d'où il inquiétait à la fois Chartres et Paris. Une reconnaissance militaire n'ayant donné aucun résultat, Robert et Manassès écrivirent à Richard pour lui rappeler sa promesse de se joindre aux Français. Cela dit, nous acceptons les conclusions de M. R. Merlet sur l'importance capitale de cette pièce (1).

L'archevêque Gautier, ci-dessus nommé, ne peut être que l'archevêque de Sens de ce nom qui, vraisemblablement, aura fait connaître à son confrère de Chartres qu'on se préparait à le secourir.

Voilà le duc Robert désigné, dans un document contemporain, comme combinant avec le duc de Bourgogne une action contre les Normands. La pièce qui le prouve est transcrite sur un manuscrit de la cathédrale de Chartres. La suite établira qu'on a raison de dater cette pièce de l'an 911.

Arrivons aux opérations du siège.

Le moine de Saint-Père reprend ici son autorité. Selon lui, les Normands, avant de venir assiéger Chartres, se concentrèrent sur la Seine, à Jeufosse. Il ajoute qu'ils étaient, dès lors, maîtres de sept cités, ce qu'il faut entendre de sept diocèses de la seconde Lyonnaise (2). De Jeufosse, ils prennent par terre le chemin de Chartres.

Voici, bien établie, la preuve que Rollon partit

(1) R. Merlet : *Les Comtes de Chartres*, p. 80.

(2) Rouen, Bayeux, Coutances, Évreux, Lisieux, Avranches, Séez. Paul ne soutenait pas de thèse.

directement du pays qu'il occupait en maître, lorsqu'il décida d'assiéger Chartres.

A quelle époque de l'année commença le siège ? Probablement vers le mois d'avril ou de mai.

Rollon commença par isoler la ville et par la priver de ressources en battant et ruinant les environs jusqu'à Châteaudun. Quant au siège proprement dit, il paraît avoir été mené selon les règles.

Une tradition locale nous dit que Rollon aurait placé son camp dans la vallée de l'Eure, aux Petits-Prés, dans une espèce d'île (1). Cela n'a rien d'impossible. Le chef normand s'assurait ainsi un ravitaillement facile et le commandement des deux rives de la petite rivière d'Eure.

Comme on l'a déjà vu plus haut, la place fortifiée de Chartres présentait l'aspect d'un trapèze.

Un des côtés, sur des hauteurs assez escarpées dont l'Eure protège le pied, était alors inabordable.

Deux autres, bien que moins forts, présentaient encore une défense naturelle ; mais les deux vallées, partant de l'Eure, finissaient par atteindre le plateau au point où se trouvent aujourd'hui la place des Épars et la place du Château.

Là, était le point faible, la courtine attaquable, et vraisemblablement le mur de forteresse rétabli par les Chartrains après le désastre de 858.

Presque toujours, les Normands donnaient l'assaut aux châteaux qu'ils assiégeaient. Mais, si se ruer sur une enceinte de pieux, mettre le feu à une tour de bois, était un jeu pour eux, assaillir des murs romains, même mal réparés, cela présentait une autre difficulté.

(1) Rouillard : *Parthenie*, p. 191. Ce camp devait se trouver non loin de l'emplacement de la Fonderie.

Ils l'avaient bien vu à Paris. Aussi procédèrent-ils plus régulièrement.

Nous sommes peu documentés sur la manière dont le siège fut conduit.

Le continuateur de Guillaume de Jumièges (c. 1030) prétend que les Normands attaquèrent la ville avec l'artillerie du temps, *cum machinis et tormentis.*

Nous savons par Dudon qu'ils avaient préparé des abris mobiles *(vineæ)* et des fascines *(crates).* Ces préparatifs furent rendus inutiles par l'arrivée d'une armée de secours (juillet 911).

L'observation que nous avons faite à l'occasion des demandes d'aide faites par l'évêque retrouve ici sa place. Chaque chroniqueur a son chef favori, soit Richard, soit Robert. Seules, les chroniques secondaires font à tous les deux l'honneur de la victoire.

Il est certain que l'armée de secours était composée de Français, de Bourguignons, d'Aquitains, que parmi ses chefs se trouvaient le duc Robert, le duc Richard, le comte de Poitiers, Ebles.

Il faut encore admettre que ces troupes avaient choisi un point de concentration au sud-est de Chartres.

Voici maintenant la version normande du combat :

C'est le duc de Bourgogne, Richard, qui attaque d'abord Rollon occupé au siège. Le duc normand court à son habitude sur les assaillants. Au premier choc, il paraît avoir le dessus ; mais les Bourguignons unis aux Français reprennent force et courage et chargent de nouveau Rollon, qui résiste. L'issue du combat reste incertaine (1).

(1) Dudon, p. 162. Ce récit a été reproduit par Souchet (II, 77). On ne s'explique pas celui que donne Wace.

De France et de Burguigne sunt li baruns venu,

Le récit chartrain est très sobre sur le premier engagement.

A en croire le cartulaire de Notre-Dame de Chartres (1), Rollon était sur le point de vaincre les Français : *cum quin imo eos (Francos) Rollo speraret devincere* (2). Mais la rédaction tardive de ce document (1350) ne permet pas de lui accorder une grande autorité. Évidemment, on a voulu rendre plus grande et plus opportune l'intervention de l'évêque.

Sur le fait de la sortie, les chroniqueurs normands et chartrains diffèrent peu les uns des autres. Les Normands reconnaissent que l'évêque, vêtu de ses ornements comme pour dire la messe, portant la tunique de la Vierge et une croix où se trouvait du bois de la vraie croix, avait ordonné et conduit une sortie d'hommes bardés de fer (3), qui, prenant à dos les assiégeants, achevèrent de les envelopper.

Les Normands avaient commencé par lancer des flèches sur le groupe ecclésiastique, dès qu'il s'était

> El demain par matin sunt de Chartres issu.
> As Francois en est primes li uvalz avenus.
> Par estuveir se sunt as portes embatu.
>
> (V. 848 et suiv.).

L'armée de secours serait d'abord entrée dans la ville, puis aurait fait une sortie malheureuse. Wace ne tardera pas à se contredire.

(1) Ce cartulaire a été édité par Lépinois et R. Merlet.

(2) *Ibid.*, I, 12.

(3) Selon Benoît, ils seraient sortis cinq cents de front, ce qui, évidemment, signifie qu'ils se formèrent, une fois sortis, par 500 cavaliers de front. Mais où a-t-il pris ce détail ? Ah ! si nous avions cette chanson des Normands, dont M. Gaston Paris a toujours soupçonné l'existence.

montré sur les remparts ; mais bientôt ils s'étaient sentis aveuglés, eux et leur chef, et n'avaient plus songé qu'à fuir (1).

La fuite n'est pas contestée. Dudon, écho de récits antérieurs, console Rollon en lui disant que ce ne sont ni le Français, ni le Bourguignon qui l'ont vaincu, mais la Vierge. Benoît de Saint-More représente le duc désolé d'avoir à abandonner les siens ; mais « trois mille heaumes » le séparaient d'eux (2).

C'est alors qu'on vit apparaître l'évêque qui, du haut de la Porte Neuve, montrait l'insigne relique de la chemise de la Vierge. Puis les assiégés, sortant par plusieurs portes, prirent les Normands à revers.

Il nous faut ici recourir encore aux renseignements des auteurs et des archéologues chartrains.

Selon Rouillard, la porte « Imbours » aurait été « dicte anciennement porte neuve du Chasteau » (3).

Mais la porte Imbours est certainement la porte Ambaud ou Imbaud, dont la Société archéologique d'Eure-et-Loir a fixé l'emplacement au point 108 de son plan, au droit de la rue du Massacre, du côté de la rivière.

Selon Guérard, Dom Muley plaçait la porte Ambaud près du pont Saint-André, entre la porte Drouaise et la porte Guillaume (4). Évidemment, il s'agit dans

(1) La donnée de l'aveuglement se trouve dans Wace : « E, cume plusurs distrent, la veue perdi » (v. 890).

Cf. Souchet : *Hist. du diocèse de Chartres*, II, 100. Le récit qu'on lit dans le *Livre des Miracles de N.-D.* (Chartres, 1855, p. 179), est uniquement tiré des sources normandes.

(2) Benoît, v. 5413.

(3) Rouillard : *Parthenie, ou Histoire de très auguste et très dévote église de Chartres*, partie II, p. 267. Paris, 1609.

(4) *Cartul. de Saint-Père*, I, 25.

ces deux citations d'une porte qualifiée neuve, parce qu'elle remplaçait une ancienne porte du château des Comtes. Ce n'est pas celle que nous cherchons.

La *Porta Nova* est mentionnée dans le cartulaire de Saint-Père *(Codex argenteus)*. Entre 1101 et 1129, Raoul Conduit donna à l'abbaye *unum stallum ad Portam Novam*. Cette donation est rappelée entre 1132 et 1143 : *ad portam quoque novam, in Creolt, habet ecclesia nostra unum stallum* (1).

Cette désignation *in Creolt*, devrait aider à déterminer la situation de la Porte Neuve, dont il est ici parlé. Par malheur, le *Creolt* est inconnu à Chartres (2).

Malgré cette défaillance provisoire dans les recherches locales, on peut trouver l'emplacement de la Porte Neuve de 911.

Lépinois commence par déclarer qu'on n'a aucun renseignement sur cette porte, « théâtre de la valeur des soldats de Gancelme ». Puis il ajoute : « Elle donna son nom à la porte du cloître, ouvrant sur *Beauvoir*, et, jusqu'au XVe siècle, la rue dite aujourd'hui du Cheval-Blanc s'appela *Rue Porte-Neuve* ». Un peu plus loin, parlant des portes du cloître du Chapitre, il dit : « 4° Porte Neuve ou de la Boucherie, ou de l'Horloge, sur la même rue » (3).

---

(1) *Cartul.*, II, p. 293, 294, 379.

(2) Comme forme de nom semblable on trouve Saint-Germain-du-Crioult, près Condé-sur-Noireau (Calvados) ; Créot (Saône-et-Loire), arrondissement d'Autun ; Créot (Meuse), commune de Heudicourt.

(3) *Hist. de Chartres*, I, 308, 473. A prendre à la lettre ce que l'auteur dit, I, p. 64, on pourrait croire que Lépinois plaçait la Porte Neuve du côté de l'Eure ; mais nous pensons qu'il y a là une simple confusion entre la Porte Neuve (porte Ambaud) et la Porte Neuve du Chapitre.

Pendant les siècles suivants, on retrouve à plusieurs reprises la mention de la Porte Neuve (1).

A notre sentiment, il faut s'en tenir au plus près possible du texte du cartulaire de Saint-Père et identifier la Porte Neuve avec la Porte du Châtelet, non pas telle qu'elle était au XVIIIe siècle, mais en la remontant un peu plus haut, aux limites de l'ancienne clôture de la cathédrale (2), du côté de l'ouest.

La tradition locale, d'accord ici avec toutes les vraisemblances militaires, assure que la rencontre entre les Normands et les Français eut lieu dans les Vaux-Rou, c'est-à-dire dans la vallée occupée aujourd'hui par la gare et ses dépendances.

Dire que le nom de Vaux-Rou signifie le Vaux de Rou ou de Rollon (3), ce serait téméraire ; mais que le terrain entre la place des Épars et la gare ait servi de champ de bataille, cela ne peut faire doute.

(1) 1278. Le Chapitre fait abattre un étal de boucher « à la boucherie de la Porte Neuve, dans les dépendances du cloître ». 1319. Les bouchers de la Porte Neuve font irruption dans le cloître. Lépinois : *Hist. de Chartres*, I, 138, 147, 150.

(2) V. le no 60 du plan de la Société archéologique d'Eure-et-Loir.

De là, on pouvait être vu au delà de la place des Épars où de tous temps ont abouti directement ou indirectement les routes de Courville, d'Illiers, de Bonneval, de Blois, d'Orléans. A. Moutié : *Notice sur la station de Chartres*, p. 28.

Notice sur le cloître du Chapitre. Mém. de la Soc. arch. d'Eure-et-Loir.

(3) Lépinois (*Hist. de Chartres*, I, 489), qui est certainement ici l'écho d'une tradition. On trouve autour de Chartres plusieurs lieux nommés les Vaux.

N'a-t-on pas dit aussi que la place des Épars s'appelait ainsi parce que les Normands y avaient été *épars* par les Français ? Nous ne citerons pas le travail très utile où se trouve cette étymologie plus que hasardée ; mais nous l'indiquons pour mettre

Il est certain que l'évêque et sa troupe donnèrent à revers sur les Normands, alors aux prises avec l'armée de secours.

Cette diversion fut assez effective pour que des hommes aussi déterminés que Rollon et ses compagnons aient pu craindre de se voir coupés de leur ligne de retraite (1).

Laissant une partie des siens aux mains avec les Bourguignons, Rollon fit une trouée au travers de l'armée de sortie.

Puis le duc, échappé à la manœuvre qui l'enveloppait, aurait voulu retourner au secours de sa troupe, mais, ou l'a vu, « trois mille heaumes » le séparaient d'elle (2). Alors, il se décida à se retirer vers sa flotte (3).

Naturellement, c'est aux Chartrains qu'il faut demander le récit de leur victoire et de la défaite des assiégeants.

Pagani ex una parte a civibus mactantur et ab alia parte a superveniente exercitu velut agri fœni sternuntur. Ex quibus tanta cedes fuit ut mortuorum cadaveribus aqua fluminis excluderetur, atque omnes pariter gladio sternerentur, nisi ultimi, cum suo duce, præsidio fugæ, metu mortis carere potuissent. Unde

nos confrères de la Société française d'Archéologie en garde contre ces fantaisies.

(1) Ce sauve qui peut, surtout cet abandon d'une partie de sa troupe, laissa un pénible souvenir au chef normand. Dudon et Benoît l'excusent du mieux qu'ils peuvent.

(2) Selon Benoît, il se serait vu séparé des siens par trois mille chevaliers.

(3) Benoît, v. 5413. — Wace, « vers si nez tost s'enfui ».

factum est ut jam sero facto, in monte Leugarum de-
venirent (1).

Cette relation confuse s'éclaire un peu grâce au souvenir qui nous est conservé par un contemporain.
L'évêque d'Auxerre, Gerran, avait accompagné le duc
de Bourgogne (2).

Selon l'auteur des actes de ce prélat : *Maxima*
paganorum cedes acta est, in tantum ut, innumera-
bili multitudine palante, inventa fuit jugulatorum
cadavera plus quam sex milia quingenta, exceptis
his quos vorago fluminis Audure absorbuit, longus-
que fuge tractus silvarumque vastitas vulneratos et
exanimes optinuit (3).

Les *Miracles de Notre-Dame* ne parlent que de
morts jonchant la terre.

D'après Rouillard, les Normands fuirent en si « belle
erre que les prez de la porte Drouaise, esquels ils
avoient posé leur camp, en ont tousiours du depuis
retenu le nom de *Prez des Reculez* » (4).

Souchet dit « qu'ils reculèrent comme forcenez jus-
que dans ces prez qui sont proches de la ville et qui,
pour ce sujet, s'appellent jusqu'à présent les Prez des
Reculez, sur lesquels six mille huit cent demeurèrent,
ou, comme disent d'autres, neuf cens » (5).

---

(1) *Cartul. de Saint-Père*, I. 47.

(2) *Hujus victrix dextra, una cum Richardo et Roberto,*
duobus maximis proceribus, prelio, quod apud Carnotum,
urbem gestum est. interfuit. Gesta Episc. Autiss. Bibl. historique de l'Yonne, II, 369.

(3) C. Le Beuf : *Hist. ecclés. et civile d'Auxerre*, II, 206.

(4) Rouillard : *Parthenie*, 1, 191.

(5) Souchet : *Hist. du diocèse de Chartres*, II, 78.

Cette tradition se retrouve dans tous les historiens modernes de Chartres (1).

Elle n'est pas acceptable.

Un *reculet* est purement et simplement un endroit éloigné, écarté (2). Toutefois, cette erreur, relativement moderne, ne peut aller jusqu'à faire rejeter absolument ce que disent Paul et le continuateur des *vies des évêques d'Auxerre*. On ne peut douter qu'une troupe de Normands occupait la rive droite de l'Eure, qu'elle chercha à repasser la rivière quand le gros de l'armée, attaqué sur la rive gauche, battit en retraite. Il est possible que les gens de transport, le *Geldon*, comme dit Wace, aient été cantonnés dans les prés et que les Français vainqueurs en aient fait certain carnage. En tous cas, ce ne peut être qu'un épisode de la déroute.

Des historiens normands, Wace est le seul qui donne sur les pertes de l'armée de Rollon un chiffre précis.

Mile wit cens Normans qu'al main qu'al seir perdirent.

(v. 944).

Mais peut-être ne parle-t-il que des hommes morts sur la colline de Lèves (3).

---

(1) Le nom de *Reculet*, de même que ceux des Prés des Reculés et de Vau-Roux (Vallis Rudolphi), rappelle la fuite de Rol et des Nordmans, en 911. Lépinois : *Hist. de Chartres*, I, 489. Le même auteur nous dit que « le faubourg des Filles de Dieu s'appelait anciennement *Reculet, Rediculetum, reculetum* ». Il y avait une colline du Reculet. Les *petits prés* s'appelaient *minora prata, prata de reciaculis sive de reculeto* (An. 1070).

(2) Ducange, *v° reculare*.

(3) Bibl. hist. de l'Yonne, I, 480.

Dans le *fragmentum Chronici fratris Hugonis monachi Floriacensis cœnobii*, publié par Duchesne, *Historiæ Francor.*

Clarius, dans sa chronique (XIIe siècle), rapporte:
*Richardus dux et Rotbertus princeps irruerunt in
eos, perremptis ex paganis sex millibus octogintis,
capientes obsides a reliquis.*

Les chroniques de Rainaud de l'Evière, celles de
Saint-Maixent reproduisent à peu près ces chiffres (1).

Le dernier acte de la levée du siège de Chartres se
passa sur la colline de Lèves.

Le corps de troupe abandonné par Rollon avait
réussi à se dégager et était parvenu, en suivant les
hauteurs, jusqu'à cette colline. A bout de force, il s'y
arrêta (2). C'était une position assez solide, sur les
bords de l'Eure, où les fuyards trouvaient un abri dans
les ruines d'un petit monastère (3).

script. — III, 347, on donne en plus la date *XIII. Kal. Aug. in
Sabbato.* Le *a reliquis* devient *a paucis qui remanserunt.* Le
fragm. *Historiæ Francicæ* (ibid., p. 338) ne donne pas de
chiffre. Il dit seulement que Richard surprit les Normands
« *incantos* ». Cf. *Chr. Senon.*, Boq., IX, 40.

(1) DCCCCXI. *Die sabbati perempti sunt fortissimi paganorum VI millia DCCC.* Chronica Rainaldi. Chr. des églises
d'Anjou, p. 8.

Sex millia octingenta. Chr. de Aquaria. Ibid., p. 161.

Sexies mille et septingenti. Chr. Sancti Maixentii. Ibid.
p. 375.

(2) *Quædam acies paganorum evadens forte prælii peri-
culum ad Leugas pervenit et montis excelsa subiit.* Dudon,
p. 164. Le moine Paul dit: *Unde factum est ut, jam sero facto, in monte Leugarum devenirent.* Cartul., I, p. 47.

Il semble que selon lui Rollon était à Lèves, ce qui ne concorde pas avec la version normande, ni avec la vraisemblance.

(3) J'ai écrit, autrefois, que ces ruines étaient l'œuvre des Normands dans une précédente invasion. Paul, dont l'autorité
est certainement préférable à la mienne, dit qu'un évêque de

Cela prouve, soit dit en passant, que la bataille avait eu lieu dans la vallée, à l'ouest de Chartres, sur la rive gauche de la rivière.

Arrive Ebles, comte de Poitiers, qui s'emporte en apprenant qu'on a combattu sans l'attendre.

On s'excuse en lui disant qu'il reste encore des Normands à Lèves, sur lesquels il peut exercer son courage. Il y court et donne l'escalade à la colline (ascendebat montem cum suis). Les Normands le repoussent. Les gens d'Ebles amènent alors les fascines et les traverses préparées par les pirates pour donner l'assaut à Chartres; mais ces derniers les leur prennent et s'en font des abris.

Le chef poitevin retourne alors près de Richard, qui organisait son camp sur le champ de bataille, et bientôt l'armée de secours cerne la colline (1). Cependant les Normands s'échappent grâce à une ruse imaginée par un Frison engagé dans leur bande. Quelques-uns d'entre eux, traversant les lignes françaises, sonnent de la trompe et font croire à un retour offensif de Rollon. Alors les assiégés, profitant d'un moment d'épouvante parmi les Français, décampent et cherchent à rattraper leur chef (2).

Cependant ils doivent encore s'arrêter, une étape plus loin, sur les bords de l'Eure, où ils se fortifient en se faisant une sorte de rempart de troupeaux

---

Chartres en avait commandé la démolition. *Cartul. de Saint-Père*, I, 10.

(1) *Tunc exercitus montem circumsepsit, ne posset ullus elabi.* Dudon, p. 164.

(2) *Viam quam Rollo tenuit gressibus liberati pergunt, atque, super Othuram venientes, loco alto palude circumducto, gressum fatigati figunt.* Dudon, page 165.

égorgés (1). Les Français n'osent les attaquer et les
laissent regagner leur flotte, *ad navium contubernia.*

Dudon rapporte que Rollon, heureux d'avoir retrouvé
son monde, et furieux de son échec *cœpit totam terram
vastare et delere atque incendio concremare* (2).

Wace précise :

> Le plain pais gasterent de Bleis jusqu'à Saint-Liz.
>
> (v. 1056).

> De Bleis iusqu'à Saint-Liz n'a un arpent de blé.
>
> (v. 1075).

L'exagération est manifeste.

On a entendu les versions normandes, chartraines
et bourguignonnes. Nous croyons qu'on peut aussi
donner le bulletin français de la bataille de Chartres.
On le trouve dans un document connu depuis la dé-
couverte par Pertz de l'ouvrage de Richer ; mais c'est
un texte dont personne n'a, jusqu'à présent, fait l'application historique.

Richer raconte que Rollon, fils de Ketil (?), organisa
une expédition en Neustrie et jusqu'au delà de la
Loire (3).

_____

(1) Le moine Paul donne ce détail *(atque de coriis anima-
lium se undique muniunt,* 1, 47), comme si cette fortification
sanglante avait été élevée à Léves. M. Eckel adopte cette version, qui n'est pas vraisemblable.

Nous persistons à penser, au risque d'être traité de *con-
servateur*, que le moine de Saint-Père, ou bien a eu le livre de
Dudon sous les yeux, ou en a connu les récits par le moine
normand Arefast. Wace confirme le récit de Dudon et l'explique avec son bon sens habituel, 1, 23, éd. Andresen.

(2) Dudon, p. 165.

(3) *Rotbertus, Celticœ Galliœ dux, piratas acriter impete-
bat. Irruperant enim, duce Rollone, filio Catilli, intra*

Robert, frère du roi Eudes, comte de Paris, réunit des forces pour mettre fin à ces invasions. Il fit appel aux Français, aux Belges et aux Aquitains !

Les Belges envoyèrent quatre cohortes avec un chef nommé Ricuin (1).

Les Aquitains étaient sous les ordres de Dalmatius (2) et Robert commandait les Neustriens.

A en croire Richer, l'armée française était forte de 40,000 chevaliers (3).

Prenant contact avec l'ennemi, Robert dispose ses troupes en vue du combat. En première ligne, il place les Aquitains, en second, les Belges (4) ; au troisième, en réserve, les Neustriens.

Puis l'armée s'avance vers l'ennemi (5).

Neustriam repentini. Jamque Ligerim classe transmiserant. Richeri Historiarum lib. 1, cap. 28, éd. Waitz.

(1) Aderant etiam a rege missæ quatuor cohortes ex Belgica, quibus et Richuinus predictus preerat. Ibid.

La valeur du mot cohortes n'est pas ici très précise. Il désignait la dixième partie d'une légion, environ cinq à six cents hommes. Richer avait d'abord écrit novem au lieu de quatuor.

Il a parlé du Ricuinus predictus dans le chapitre précédent, où il montre Charles le Simple marchant avec sa cavalerie contre ce personnage, eo quod et ipse desertor Rotberti partes tuabatur, fait qui ne peut se rapporter qu'à l'année 921. L'ordre chronologique est peu respecté par Richer.

(2) Aquitanorum vero legiones Dalmatius curabat. Un Dalmatius figure dans une charte de 932, du roi Raoul (Bouq., IX, 576), relative à l'abbaye de Montolieu, diocèse de Carcassonne, pays soumis au roi de France. Les Normands avaient récemment infesté ce pays où les évêques n'osaient voyager.

(3) Exercitus in 40,000 armatorum consistens.

(4) Richer ajoute duce Gisleberto, mais ce Gilbert était lorrain.

(5) Dux in locum ubi prælium erat gerendum instructos ordines deducit.

4

Les Normands se préparaient bravement à les recevoir, et même ils allèrent au devant d'eux. Ils comptaient, toujours selon Richer, cinquante mille chevaux (1); mais ces chiffres paraissent fortement exagérés.

Robert, voyant que l'affaire serait chaude, renforce les Aquitains d'un millier des meilleurs chevaliers de Neustrie et se met à leur tête.

Les Normands s'étaient formés en ordre concave, en croissant, comme la lune se présente à son cinquième jour (2).

Leur plan était d'envelopper l'assaillant. En effet, Robert et les Aquitains n'ont pas plutôt abordé leur centre que les ailes de l'armée païenne se replient sur eux et les attaquent par derrière (3), mais les Belges et les Neustriens chargent à leur tour les ailes normandes obligées de faire volte-face.

Robert et les siens ainsi dégagés enfoncent les Normands du centre, puis se retournent et les prennent à dos (4). Les païens crient alors merci ; Robert ordonne de cesser le carnage. Il fait prisonniers les chefs les plus élevés en grade ; puis, après avoir retenu des otages, il permet aux vaincus de se retirer vers leurs navires (5).

(1) *Quorum exercitus in 50,000 armatorum consistens ordinatim obvenientibus procedit.*

(2) *Ordinem curvaverant scemate lunœ, quœ in augmento est.* Guadet (Richer, *Hist. de son temps*, I, 66), traduit ainsi ce passage : « les légions des pirates s'étaient développées sur une longue file, courbée en forme de croissant ». Guadet ne savait pas bien ce que c'est qu'une file.

(3) *Rotbertus et Dalmatius legiones piratarum penetrant statimque ab iis qui in cornu erant impetuntur.*

(4) *Ab Aquitanis conversis letaliter urgebantur (Normanni).*

(5) *Qui inter eos potiores videbantur a duce capti sunt ; reliqui vero sub jure obsidum ad classem redire permittuntur.*

La suite de ce récit permet d'en connaître la date.
En effet, à la victoire de Chartres succède un essai de
conversion des Normands de la Seine. On aurait été
plus loin et on aurait entamé des négociations de paix
au prix d'une cession de territoire (1). Ce texte présente, dans son ensemble, de sérieuses difficultés ;
mais il reste certain qu'un lien existe entre la bataille
livrée par Robert à Rollon et la conversion de ce dernier. C'est celui que l'on constate entre la même conversion et la bataille de Chartres.

On peut objecter qu'il n'est pas fait mention dans
Richer de la sortie de l'évêque et de l'intervention des
reliques chartraines ; mais on remarque le même si-
lence dans plusieurs chroniques françaises.

Richer ne parle ni de Richard ni d'Ebles et donne
tout l'honneur à Robert. Nous avons vu que c'est un
défaut propre à chaque chroniqueur d'être exclusif.

En fait, on ne voit pas d'autre application possible
de ce texte si curieux (2).

Tels furent le siège de Chartres et la bataille sous
les murs de cette ville, qu'on peut compter parmi
les batailles décisives dans l'histoire du moyen âge.

(1) Dans une première rédaction, Richer avait écrit une phrase
que nous ne possédons pas complète, mais qui est très signifi-
cative : *Comperto vero quod si eis terra mare contigua, quam
ipsi quoque insectati fuerant, sub tributo daretur, et chris-
tianam religionem sponte suscepturos et regi Galliarum
fideliter militaturos ; consilium id ordinandum Wittoni
per legatos dirigit Rotomagensium episcopo.* Richer, 1, 30,
p. 22, éd. Waitz.

(2) Pertz et Waitz (l. c., p. 21), indiquent, pour ce combat, la
date de 911 (?) avec cette mention : *Sequentia solus Richerus ;
qui pugnam Carnotensem a 911 (Hugo Flor., SS., IX, p. 380),
huc retulit.*

En résumé, Rollon, après la campagne assez incertaine de 910, résolut, soit de s'emparer de Chartres, soit de détruire une place menaçante pour ses possessions.

Les Français de différentes provinces, encouragés par leurs succès relatifs de l'année précédente, se coalisent et réunissent une armée de secours commandée par le duc Robert et le duc Richard.

Cette armée livre aux Normands, sur la rive gauche de l'Eure, une bataille acharnée, pendant que de leur côté les assiégés opèrent une sortie conduite par leur évêque.

Le gros de l'armée normande est enveloppé, réduit à capituler et à donner des otages, mais Rollon a pu s'échapper, regagner sa base d'opération et sa province. A sa suite, une petite troupe, d'abord réfugiée à Lèves, a réussi à se sauver.

A cette époque, on se remettait vite d'un échec. D'un autre côté, il est probable que le choc avait été aussi très rude pour les Français, et que leur armée, composée d'hommes de pays divers, s'était disloquée dès le lendemain de sa victoire.

Le Clergé, bien inspiré, jugea le moment favorable pour entamer des négociations de paix qui aboutirent au fameux traité de Saint-Clair-sur-Epte.

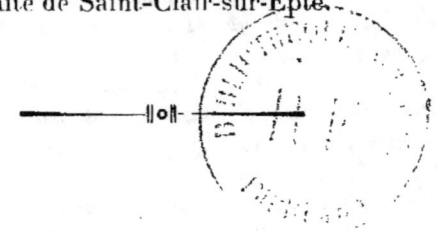

Caen. — Impr. H. Delesques, rue Froide, 2 et 4.

www.ingramcontent.com/pod-product-compliance
Lightning Source LLC
Chambersburg PA
CBHW061654180626
46818CB00003B/1091